つれづれの記

古希に
こんなの
書いちゃいました

藤田祥子

まえがき

大変にご無沙汰しておりました。お変わりなくお過ごしでしょうか。

「こんなの書いちゃいました、おばさんは行く」から十年の歳月が経ち、このたび古希記念として、パート二を出版することとしました。

あれから十年。「おば行くパート一」の、「まえがき」を読み返してみますと、二〇二〇年開催予定の東京オリンピックの誘致決定がされた高揚感が思い出され、当時の安倍首相と私の生年月日が同じことなどが嬉し気に書かれています。そう、何となくカラ元気だったのかもしれませんが、十年前は、私自身が今よりずっと元気でした。

そしてその後の十年の間に、安倍首相は凶弾に倒れ、東京オリンピックはコロナで一年延期、しかも無観客。開催後には運営や体制の不正が発覚し多数の逮捕者を出すなど、社会の闇が噴出しました。

しかもあの三年間のコロナ禍。不要不急の外出を避ける、手洗い、マスクの着用をする、集団生活が規制され、職場や学校の対面生活の規制など、多くの不自由さが要求されました。マスクの下の顔がわからないので、マスクを外した今も、まだ慣れない顔に戸惑っている自分がいます。

二〇二三年にようやくコロナが五類感染症に移行し、規制が緩和され、電車の中でもマスク顔の方が減り、海外からの旅行客も戻り始め、観光地は活気を取り戻しています。

何だったんだろうと思うようなこの十年間でしたが、古希七十歳を無事に迎えられたことに感謝して、私は、今一度、書き足らなかったエッセイや、趣味となった俳句のつれづれ、小さな物語などを盛り込んで、人生最後の一冊を上梓してみたいと思います。

どうぞご一緒にお楽しみください。

藤田　祥子

つれづれの記
古希にこんなの書いちゃいました

目次

エッセイ

モノ言う電化製品

モノ言う電化製品

この十年の間に、人間が歳を取るように、わが家の電化製品も古くなって買い替えが必要となっていきました。

洗濯機は、スイッチ部分が効かなくなり、押してもスイッチが上へ戻ってしまうので、仕方なくガムテープを張り付けて何とか動かしていましたが、そのうちにガムテープを張ったぐらいではスイッチが戻ってしまい、洗濯機が動いていると思い込んでいたのに途中で止まっていたということが何度かありました。そこで重さをかけることを思いつき、ガムテープの次は二キロのダンベルを置いて重しをかけるということまでしていました。それでも結構頑張れるものです。ところが久しぶりに家にやってきた娘がそれを見て、「何これー、新しいのを買いなさいよ」と言います。確かに洗濯機のスイッチの上にダンベルを置きながら洗濯をするというのは不自然です。もはやこれまでと観念して、新しい洗濯機を買いました。さすがに新しいものは回転音が静かです。洗濯ドラムの自動掃除機能も付いています。洗い方の選択肢も豊富です。洗濯が終われば、ピーロリーピーロリーと優しく教えてくれ

ます。うまく使いこなせるか否かは別にして、買い替えて正解！

冷蔵庫もダメになりました。冷蔵庫がだめになった話をすると、だいたい一番暑い時期に壊れたという友人達が多いです。壊れたと思っていなくて扉を開けたら暗くてびっくりした、冷凍庫を開けたらアイスクリームが全部溶け出していたとか、驚き、悲しくなる事態に遭遇します。冷蔵庫は今や私たちの生活の親友です。

新しい冷蔵庫は、容量が大きくなっているのに外観はあまり変わらず、省エネ機能は格段に進歩し、出し入れがしやすく、冷凍庫も広く、今の生活スタイルに合致したものとなっています。ところがこの新しい冷蔵庫は、扉の開閉に対してなかなか厳しいです。トロトロと出し入れをしていると、早く閉めろとばかりにピピッピピッと鳴ります。「わかっとるわい」と冷蔵庫に口答えしながら、必死に物を出し入れしている私って何なんでしょう。

炊飯器もかまど炊き風に買い替え、お風呂も追い焚き付きとなり「お風呂が湧きました」と優しく声掛けしてくれます。温度も水の容量も設定できますので、水をあふれさせることも熱くし過ぎることもなく誠に便利になりました。

ところが電化製品の買い替えに気づいていなかった連れ合いは、音が鳴るたびに、何の音ですか、お風呂が何か言ってますが、と不審げに聞きまくります。

今のは洗濯が終わった知らせ、今のは冷蔵庫の扉を早く閉めろという指示、ご飯が炊きあがったという知らせ、早くお風呂に入れという優しい指導、と私が連れ合いに説明しています。

皆様のご家庭でも、今や電化製品の声や音であふれかえる生活となっているのではないでしょうか。

セコムに捕獲されました

セコムに捕獲されました

この数年間に、二人の娘たちが家から離れ、それぞれの生活を始めました。姉や娘たちのマンションは防犯システムが完備しており、不審者が侵入すると通報するという「あれ」があります。そう、「あれ」です。「パート二」でも登場したセコム。十年前より動作の機敏さが減じた私は、ますますあれが苦手になりました。玄関に入るときには前もって靴を半分脱いだ状態にし、部屋に入るルートを頭で想定し、セコム解除装置にたどり着くという手順を復唱します。

ところがとうとう私、セコムに捕獲されてしまいました。

その日も姉のマンションに用事があり、玄関前で想定ルートを復唱し、恐る恐る鍵を開けました。するといつもの聞きなれたセコムの声「解除操作をしてくださ い、解除操作をしてください」。はいはい、ただいま解除操作をいたしますからしばし待て、と小走りで装置に近づいたはずですが、あれっ、なんだか前と違う、解除用に差し込む機械がない!!「解除操作をしてください、解除操作をしてください」との掛け声がだんだん早く、大きくなり、私はあわてるばかり。どこからその声が

聞こえるのかも定かに掴めず、たいして広くもない室内をまさに右往左往。（セコムさん、あんなに早くて大きな声掛けは堪忍してください、パニックを助長してしまうのです。）

　そして数分後、セコムの声はぴたりと止まり、そして一言「不審者を感知しました」だったか「不審者を確保しました」だったか、いずれにしても、不審者となってしまいました。身体全体から冷汗がたらーり。セコムの声が鳴りやんだ後のあまりの静寂に、不気味さまで感じるほどでした。その時、突然、電話が鳴り響き、ほんと、飛び上がるほどびっくりしながら、あわてて電話を取ると、セコムでした。私は大慌てで状況を説明したのですが、担当者の方は静かに一言、「ではただいまから質問をさせていただきますのでお答えください」。クイズするんかい、と心の中で突っ込みを入れながら、相手の質問に答えていきました。そして全問正解により無事放免。ふーん、こういう取り決めをしているのだと初めて知りました。これもセコムに捕獲されなかったら知らなかったことばかり、なんだか話のネタをつかんで得した気分になりました。

セコムに捕獲されるきっかけを作った姉に事の顛末を話したところ、「あれっ、セコムの機械の場所変えたの言ってなかったっけ。玄関の近くの方がいいかと思って」と、暢気なものです。あのパニックを一度経験してみろと言いたかったですが、まぁこういう経験も珍しくていいかな。こんな話を友人間でしていると、セコムの解除に走ってじゅうたんに躓いてこけて骨折した人を知っているとか、笑い話では済まないこともありました。じゅうたんに躓いてこけるなんて信じられないような本当の話です。歳をとってセコムに守られているはずが思わぬ落とし穴がありました。セコムの解除をする際には、くれぐれも段差に気を付けましょう。

定年退官を祝う会

定年退官を祝う会

私の連れ合いは、私や娘たちが最も不得手とした物理学の研究者です。娘たちが大学生の頃、ちょうどテレビで、福山雅治演じる物理学者がその物理的思考を駆使して難事件を解決する「ガリレオ」という番組がありました。父親の職業を聞かれた娘が、物理学者ですと言うと、「おー、福山雅治みたいですね」と言われたと、家で笑いながら話してくれました。福山雅治なら許しますが、あれはあくまでテレビの話で、わが家にいる物理学者は、「実に面白い」などとは言わず、ひたすら自分の興味ある研究に没頭するタイプでした。私たちは、こんな論文が掲載されたと嬉し気に見せられても、「おめでとう、よかったやん」というだけで、英語で書かれた論文を見てもチンプンカンプンでした。というわけで家庭内では、なるべく物理のことは話題にしないようにしていました。頭の構造がまったく違うようで、興味の所在も一八〇度異なるのでした。

この十年の間にその連れ合いが、大学をめでたく定年退官することになり、退官記念会を物理関係者で開催していただく、ひいては奥様もご一緒にということで、私も定年退官の席に居並ぶこととなりました。

ちなみに私も大学に勤めていましたので、何人もの先生方の退官記念会を経験しましたが、男性の方が退官されるときにはたいてい奥様も同席されていた記憶があります。しかし女性の方が退官されるときに夫が同席されたということは記憶にありません。うーん、このあたりも日本の内助の功を求める意識の名残りのようでちょっと複雑な気分。

まあ、そこまで深く考えないで、ともかく定年まで無事に勤め上げたことを素直に喜ぼうと思いました。そして次に考えることは、当日の衣服はどうするかということでした。大学の会館での記念会でしたので、平服でいいとのこと。ジャケット程度の着用でいいみたいでした。

当日は仕事が終わる夕方からの開催で、私は大学構内の坂を歩いて登っていきましたが、遠い。広い。構内に入ってから延々登り続けるという感じで、会場にたどり着いた時には息が上がっていました。会場内に知った顔がほとんどいないというのは、誠に心細いものです。こういう時に気が利く連れ合いならば、私を優しくエスコートしてくれるのでしょうが、そんなことにはとんと頭が回らず、久しぶりに

会った同僚と物理の話題で盛り上がっていました、チッ。

連れ合いの履歴披露に始まり、研究内容の紹介や現在の研究活動の様子を同僚の方や後輩の方々が話され、宴は順調に進んでいきました。

そしていよいよ当事者の言葉となりました。研究の内容をかいつまんで話しているようですが、私には何のことやらさっぱり。どんな顔をしていればいいのか困りました。

宴も終盤に近づき、司会の方が、「それでは最後にどなたに今日の感謝を捧げたいですか」と言われました。そう、私はこれが聞きたくてここにいるのよと心で叫びました。すると連れ合いはしばらく考え込んだ後に、ナ、ナ、ナント、「そうですね、丈夫な身体に生れた事、そして神に感謝したいです」と。いつの間にキリスト教徒になったんじゃーいと、突っ込みを入れそうになりました。
こういう場合、「物理に没頭できる環境をつくってくれた妻や家族に感謝したい」とかいうのが筋でしょう。会場内もざわついて、「それはないで」と茶々も入りましたが、当事者は「何か変な事言ったかな」ときょとんとした顔でした。ほんまにもう何考えてるんじゃーい。

それ以降、連れ合いが「お茶が飲みたいな」とか言ったら、「神に頼んだら」と意地悪く言うことにしています。

定年間近の男性の皆さんに言いたいです。定年をお祝いする会がありましたら、必ず配偶者への感謝の言葉をとうとうと述べてください。自分が今日ここにあるのは、妻のあなたのおかげですと、声を大にして言ってください。この感謝の一言が、定年後に始まる長い老後生活を豊かで安泰なものにしてくれるでしょう。間違っても神や仏に感謝してはいけません。

進化するキーウイフルーツ

進化するキーウイフルーツ

テレビでやたら元気に踊りまくるキーウイフルーツを見かけられたことはないでしょうか。「ビタミンC、E、B6、K、葉酸、カリウム、マグネシウム、鉄、銅、食物繊維、十種類の栄養素が含まれた栄養たっぷりのキーウイを食べよう」というCMのあれです、あれ。

確かにキーウイは栄養に富み、価格も安定していて、果物売り場を見渡せば多くの場所を占めているように感じられます。バナナやリンゴに次いでいるかも、いやそれ以上になってきているような。リンゴやミカンやバナナに比べれば、かなり新参者のように思うのですが。

いつ頃に日本にやってきたのでしょうか。調べてみたところ、昭和四十年代にアメリカから輸入されたのが始まりで、その後ニュージーランドからの輸入量が増加して今はその八割以上がニュージーランド産となっています。

そうそう、それで思い出しました。私が大学生のころ（今から五十年くらい前の一九七五年あたり）、友人がスーパーでキーウイの店頭販売のアルバイトをした時

の話です。大阪の堺のスーパーにもキーウイがやってきたのでしょう。でも見たこともない楕円形の物体。友人は、「キーウイいかがですか」と通り過ぎる客に声をかけたそうです。すると一人のおばちゃんが寄ってきて「えらい丸いきゅうりやな」と言ったそうで、「きゅうりじゃなくてキーウイです」といったら「フーン、いらんわ」と離れていきました。次に寄ってきたおばちゃんからは「毛の生えたジャガイモか」と聞かれたそうです。きゅうりと聞き間違えたり、毛の生えたジャガイモに見えたりと、初めて見聞する人の様子に笑えますが、確かに知らない人間が見た正直な感想でしょう。五十年後のスーパーの果物売り場を席巻するほどになろうとは当時

の誰もが思いつかなかったのでは。

ではなぜここまでキーウイが私たちの食生活に深く入り込んできたのでしょうか。栄養価に富み価格が安定しているということはもちろん、国産化に成功したことも大きいようです。キーウイは、愛媛県のミカン農家の転作作物として国産化がはじまり、今や各地で栽培されています。かくいうわが家でも、長女が誕生した三十七年前に、誕生記念に植えはじめ、三年後あたりから実がなって、毎年たくさんの収穫をしています。十二月頃に一家総出で収穫をして、しばらく追熟をさせてから生食し、ジャムにしたりしながら楽しんでいます。大きさも甘さも、お店の味にはかないませんが、キーウイの蔓が伸び、実のなっていく様子はなかなか楽しいものです。保育園の砂場がキーウイ蔓で日陰となっていたり、ガレージ上に植えられていたりと、果物以外の用途としても優れモノと言えるでしょう。

家で作るせいかめったに買うことがないのですが、たまに頂き物があってじっと見ると、「毛の生えたジャガイモ」と間違えられた五十年前のキーウイに比べると、「あれっ、毛がほとんど無い」と思ってしまいました。人間の進化の過程で体毛が薄くなったように、キーウイフルーツも、栽培の進化の過程で毛が薄くなっていったのでは、とつくづくと眺めております。

懐かしの屋上遊園地

懐かしの屋上遊園地

テレビのニュースを見ていると、地方の遊園地（最近はテーマパークと一括されますが）が閉園するという話題が出ていました。閉園する遊園地があるかと思えば、ますます拡大を続ける遊園地（まさにテーマパークと呼ぶべきものでしょう）があり、その代表として今や西のユニバーサルスタジオジャパンと東のディズニーランドの二強時代となっているようです。

私が小さかった頃は、各地に小ぶりな遊園地があり、百貨店の屋上にもちょっとした遊園地がありました。私の小さいときのお気に入りは、天王寺にある近鉄百貨店の屋上でした。そこには小さなボートやメリーゴーランド、お金を入れて双眼鏡のような物を覗くと漫画が動いて物語になるような機械があったり、金魚すくい、射的など小さな子どもでも楽しめる様々な遊具がありました。ボートに乗って嬉し気に笑っている四歳くらいの私の白黒写真が実家に残っています。

そして屋上遊園地で遊んだ後には、その下にある大食堂に行き、姉はいつもホットケーキ、私はオムライスかお子様ランチを食べました。たいていの百貨店の最上

階は大食堂とか特別食堂と名付けられた和洋中が一堂に会した食堂があったのではないでしょうか。今のように各名店が店舗を構えるという形式になったのはいつごろからだったのでしょう。この形式になると、うなぎを食べたい親とハンバーグを食べたい子どもが一応協議しあわないといけなくなります。昔の特別食堂なら、うなぎもハンバーグもうどんもホットケーキもそれぞれが頼んでも家族が離れることなく一家揃って食べられるという便利さがありました。懐かしい！

少し大きくなるとみさき公園や宝塚ファミリーランド、枚方パークに連れて行ってもらいましたが、今や生き残っているのは枚方パーク「枚パー」のみです。屋上遊園地も閉園されました。閉園の背景には、設備の維持管理にお金や人件費がかかるという事情があることは理解できますが、子どもが小さい時こそあのような小ぶりな遊園地が必要なのではないでしょうか。二強となっているテーマパークは大掛かり過ぎて、遊具に身長制限があったり年齢制限があったりします。広大な敷地を回るのは親子ともに疲れて大変すぎます。ちょこっと行ってちょこっと楽しむという遊園地が今こそ復活することを切に望みます。

三十五年前にドイツに住んでいた時に、各街に移動でやってくる遊園地があるということを知りました。この移動遊園地には、小ぶりなメリーゴーランドや小さなゴーカート場、ふれあいを楽しむ動物園、小さなサーカスや、ソーセージにフライドポテトを売る屋台など、楽しい思い出ばかりです。常設の遊園地が減っていくならば、移動の遊園地をぜひ。

二強時代のテーマパークが拡大する中で、子ども心に懐かしく残るような遊園地を夢に見るのは私だけでしょうか。

ピザ、食べたくなってきました

ピザ、食べたくなってきました

ある休日、今日はたっぷり時間があるのでピザでも焼いてみようかと思い立ちました。ここではピザの思い出をつれづれに書いてみたいと思います。

大学生になってからの楽しみは、土曜日の大学帰りに梅田の阪急三番街辺りで、今でいうランチすることやスイーツのお店に立ち寄ることでした。「みつや」にはしばしばお世話になりました。その日は友人が、帰りに梅田で「ピザ」を食べに行こうよと言います。「ピザ?」、初めて聞く名前です。それは何と聞くと、友人も初めて食べに行くといいます。知人に聞いたらしく、なんでもイタリアのお好み焼きのような物らしいとのこと。食べてみたい一心で、行こう、行こうということになり、私たちは初めてピザなる物を食べに行ったのです。

お店に入るとさすがイタリアン。日本のお好み焼きの店とは違うバタ臭さ(正確にはチーズ臭さでしょうね)、なんだかモダンというかおしゃれな店内。メニューを見ても何を頼んだらいいのかわからないので、お勧めに従い言われるままにという感じでした。運ばれてきたピザは、ふつふつとチーズから湯気が立ち、ベーコンやマッシュルーム、玉ねぎなどが見え隠れします。ふーん、これがピザかと目でうなづきあいながら、私たちはさも手慣れたようにピザを取り上げ口に入れようとしましたが、つかんだ指も含んだ口も、アツー!!の一言。溶けたチーズは熱い。口の中も熱くて、はてさてどんな味だったのか、いまだに思い出せないでいます。

私たちの近くの席に高齢に見えるご夫婦が座られていました。たぶん今の私よりははるかにお若い方と思いますが、二十歳の私にはなぜか「ご高齢の」という風に見えました。へぇー、ピザなんてえらくしゃれたものを食べにこられているのだなと感心しつつ眺めていたところ、夫と思しき方が、テーブルの上に備えつけのタバスコに手を伸ばしました。実は私はそれが何かは知らなかったのです。赤くてイタリアンといえば、トマトケチャップしか思い浮かびませんでした。すると友人が小声で、「あれはタバスコというイタリアの香辛料で、すごく辛いんよ」とささやき、少しだけ味のアクセントになるようにたらしたらいいらしいと教えてくれたのです。ふーん、そういうものがあるんだと初めてのタバスコとの遭遇です。二人で見るともなく見ていると、いやいやかなり興味を持ってじっと見ていると、夫はやってきたピザの上にここぞとばかりにタバスコを振りまくりました。私たち二人は、

この顛末はいかにとばかりに目が離せなくなりました。友人はまた小声で、「絶対にケチャップと間違っている」とささやきます。私も深くうなづきました。その真っ赤になったピザが、ご夫婦の口に運ばれた後、ご夫婦は静かに黙々とピザを食べておられたのですが、途中からハンカチが登場し、涙を拭きながらたいらげられたのです。辛いピザを涙ながらに食べることが好きなのか、ただ単にケチャップと間違えたのか、今もって謎です。

それから五十年近くが経ち、ピザは私たちの生活にきっちりと根を下ろし、スーパーの棚にはいろいろな種類や大きさのピザが並んでいます。CMでは季節のピザが登場し、チーズに漬け込むようなピザまで宣伝されています。何より驚くのは、ピザは今や単車で宅配されたり中食として、「お持ち帰り半額」とよばれる食物になったことです。もちろんイタリアンピザの世界大会で優勝した日本人のお店は行列が絶えないですし、本格的な石窯を持つ街のピザ屋さんもこの池田市にもあります。ピザはやはりおしゃれで憧れの食べ物でありますが、宅配やお持ち帰りできるとなってからは、家庭での集まりや誕生日会、疲れた時の出前食材にもなりました。人件費削減のために、宅配だけを専門にするお店が登場するなど、私たちの食の社会環境は大きな変化を遂げつつあります。家庭食と外食に、中食という新たな様式が参入しています。これを支えるのが、コンビニや宅配業者と言えるでしょう。

私はピザをこねながら、食の変化を真面目に考えつつも、記憶はいつも、あの梅田で見たご高齢夫婦のタバスコ涙に回帰してしまうのです。

あのときこれがあったなら（携帯電話）

あのときこれがあったなら（携帯電話）

昭和三十年代から四十年代にかけて、私たちの家事労働は、手動から電動へと大きな変革をとげました。箒から掃除機へ、手洗いから自動洗濯機へ、かまどから炊飯器へ、氷入り箱から冷蔵庫へと家電の進化は著しく、電子レンジは、今やなくてはならない電化製品です。家庭ばかりかコンビニでも、弁当を温めるように常設されています。

家電に次いで大きな変化のあったのが娯楽や通信ではないでしょうか。ラジオやステレオは手のひらサイズのウォークマンへ、固定電話は移動式から携帯電話へ。そして今や電話機能だけでなくテレビやラジオ、カメラ、オーディオ、辞書機能とありとあらゆるものが搭載されて手の上にのっています。さらにアプリ登録をすると銀行機能も付加され、買い物でもスマホをかざせば瞬時に決済が完了し、ポイントもついて便利なことこのうえないようです。私のように使いこなせない人間は、相変わらず買い物でもほとんどが現金で、いつもニコニコ現金払いを旨としていユす。たまにポイントが付加されるアプリに登録していても確認しないままにポイントが失効する、ログインするためのコード番号を忘れるなどということも多く、アナログ人間の私は便利さを享受する域にはなかなか到達できていません。

それでもこんな私でも携帯の便利さには重々感謝しております。その最たるものは人との待ち合わせではないでしょうか。携帯が出現するまでは人との待ち合わせは日時と場所の確認が必要でした。もちろん今でも日時の取り決めは大事ですが、集合場所の取り決めは比較的ぽやーっとしていてもいいような。例えば梅田についたら連絡するからそれから場所を決めようというようなかなり大雑把な取り決めでいいです。時間に遅れそうになったらすかさず携帯を取り出し「ごめん、少し遅れそう、あと五分くらいで着く」と情報を知らせることができます。集合場所を間違えて会えなかったというような事態にはよほどのことがなければないでしょう。

いまから五十年ほど前は、駅に案内板とか掲示板と書かれた黒板が設置され、発信者・時間・内容を書き込むようになっていました。「○○へ、現地にて待つ」とか「先に帰ります」等の情報が書き込まれていました。時々その掲示板を眺めながら、この人遅れて置いてきぼりになったんだなとか、会えずに空しく帰ったんだろうなと

か、その時の様子を想像してみたものです。そういえば新聞にも「尋ね人」欄がありました。「〇〇へ母危篤至急帰れ」とか「父死す安心して帰宅せよ」とか。尋ね人欄を眺めながら、「お母さんに会えたんだろうか」とか「この人の父子関係は複雑だったんだろうな」とか、人生の一端を垣間見るような気持になり、結構楽しく（？）読んでいました。携帯電話が普及した現代では、駅の案内板も新聞の尋ね人欄も必要とはされないでしょう。
それで思い出しました。高校同期の某男子が、同窓会の時に「あの時携帯があったら、僕は〇〇さんと結婚していたと思う」というのです。詳しく聞いてみると、なんでも待ち合わせ場所を勘違いして会えず、二人の関係

は終わったということでした。難波の南海本線側で待ち合わせるつもりが、南海高野線側と思い込んでしまい、ずっとそこで待ち続けたそうです。昔はよくある話です。

そこでその話を、会えなかった相手の女子に話してみたところ、「ふーん、そんなことあったね。でももし携帯があったとしても、あれとは結婚なんかしていません」ときっぱり。「あら、そうだったんだ」と真相を知り、今度の同窓会で某男子に会ったときには必ず伝えてやらねばと、密かにほくそ笑む私です。

あのときこれがあったなら（ストレートパーマ）

あのときこれがあったなら（ストレートパーマ）

もうすぐ梅雨の時期がやってきます。しとしとと雨が降り続き、まとわりつくような湿った空気に包まれ、朝出がけに綺麗にしたはずの髪はふにゃふにゃとうねり、悲しい気分になってしまいます。

そう、私の髪は天然パーマ、天パーと言われるなかなかのくせ毛なのです。この髪には正直苦労させられました。髪が多いうえにくせ毛ときているので、短くしたら横に広がり、長くしてゴムで結んだらすぐにゴムが伸びてダメになってしまうという手ごわさでした。体育の水泳の時間の後はこの髪が気になって授業に集中できませんでした。

ところが私が大学生になったころ、世の中に「ストレートパーマ」という施術が登場したのです。くせ毛がストレートヘアになる、芸能人の○○もしていると噂され、確かに髪が綺麗になっているなと思ったものです。私が行きつけにしていた美容院ではその施術はしていませんでした。おばさんが一人で細々とやっている美容院ではとてもできるものではなかったのでしょう。いつか必ずしてみたいと思いな

がら日々は過ぎていきました。
大学院生になったある時、梅田をウロウロしていると、「ストレートパーマ」という看板が目に入りました。とてもおしゃれな外装の美容院です。そーっと中を覗くと、たくさんのスタッフの方が立ち働いています。客層もおしゃれに見えます。どうしよう、入ってみようか、財布にお金があったかな、などいろいろなことが頭を駆け巡りました。ダメもとでいいからやってみろ、と背中を押す声が聞こえ、私はその扉を開けました。
「いらっしゃいませ」という声に迎えられ、私の初めてのストレートパーマ体験が始まりました。
五十年近く前にストレートパーマを経験し

たことがある方ならご存じかと思いますが、当時の施術方法は、パーマ液を塗布して、髪を小分けに区分し、長いプラスティック板にその小分けした髪を力を入れて伸ばして張り付けていくというものでした。何枚もの黄色のプラスティック板を髪から垂らした私の姿は、自分でも笑いたくなるようなものでした。おまけにかなり重いのです。隣に座る年配の女性がスタッフの方に小声で「隣の方、何してるの」と聞いていました。スタッフの方は元気に「ストレートパーマです」と答えていましたが、私にしたらトホホの気分でした。しばらく時間をおいてからそのプラスティック板を取ると、髪は、ちょうどおにぎりを包んでいた竹皮のような感じになっています。おー、確かにくせがとれている、まっすぐになっていると、私は叫び出しそうになりました。パーマ液を洗い流して次の液を塗布しまた洗い流しを何度か繰り返すうちにも、確かに髪のくせがなくなっていきます。最後にドライヤーで乾かして仕上げると、あら不思議、私の髪は見たこともないほどまっすぐになっていました。あの時の感動は忘れることはないでしょう。天にも昇る気持ちでした。ただ当時の施術は、力で伸ばすというものでしたし、パーマの液自体も髪にダメージを与えるものだったのでしょう。三か月もすると自分のくせが出てきますし、髪が傷んだ感じは否めませんでした。

この五十年間にパーマ液は改良され髪へのダメージは抑えられるようになり、プラスティック板を張るという施術方法はなくなっています。若い美容師さんにその話をすると、プラスティック板を張るなんて見たことも聞いたこともないですと言われます。私の経験はなかなか貴重なものだったようです。

この十年は、神戸の素敵な美容室に通っていますが、そこのオーナーさんがとても研究熱心な方で、いかに髪にいいものを提供できるかを追求しています。そのおかげで私の髪質は、この十年で改善されました。歳相応に髪は細くなり、あんなに手ごわかった髪もずいぶん扱いやすくなりました。つやとはりと柔らかさも髪質改善ストレートパーマのおかげで、何とか維持できています。高校同期の某男子が、「お前の髪って、そんな感じやったか」と聞いてきますので、これはなかなかの改善度合いなのでしょう。最近お知り合いになった方からも「髪がたくさんあって色も素敵でいいですね」と褒められたりします。髪の印象って大きいです。

「振り向かないで〇〇のひと」というシャンプーのテレビコマーシャルがありましたが、あのさらさらの髪に焦がれ続けて六十年余り。あー、高校時代に今のストパーがあったなら、私の人生は絶対に違っていたと思う、と言いながら、そんなことはないよと笑う私がいます。

韓流ファンミーティングに行ってみました

韓流ファンミーティングに行ってみました

韓流第四の波の到来が言われて久しいですが、皆さんは韓流に興味はありますか。韓流第一波は、あの「冬のソナタ」です。日本全土に「ヨン様ブーム」を巻き起こしたのを覚えておられるでしょうか。ドラマの中で男性主役となったペヨンジュン、女性主役のチェジウのコンビは、日本女性の涙を絞り出し、心を虜にしたものです。あれが二〇〇二年から二〇〇三年に放映されましたので今からおよそ二十年前で、私が五十歳前の頃でした。高校の同期が、ペヨンジュンをもじってペヨンジュウキュウ（ぺ四十九）、チェジウをゴジュウ（五十）と言って自分の歳を披露していましたのでよく覚えています。あれから二十年、ヨン様は今や韓国で実業家となり、チェジウは今も変わらず美しく女優としてご活躍です。

あの韓流ブームの後、たくさんの韓国ドラマが紹介され、その愛憎劇にはまってしまった方も多いのでは。韓国時代劇も面白く、「宮廷女官チャングムの誓い」なども有名で医食同源の韓国食が広く認知されたのではないでしょうか。

その後K－ポップが押し寄せ、世界を席巻したＢＴＳ（防弾少年団）が登場するに至って、日本の老若男女を取り込んだ韓流ブームとなり、第四の波へと繋がっていきました。歌もダンスも演技もできる若手俳優が次々に登場し、私はもう名前が覚えられないほどです。また二〇一九年のコロナ禍の中で放映された「愛の不時着」は、しばらく韓流ドラマから離れていた人たちが再びヒョンビンに恋をして戻ってきたようです。「愛の不時着」の主役の二人が、のちに結婚に至り、無事に「家庭に着陸」と話題になりました。「梨泰院クラス」のパクソジュンや「パチンコ」のイミンホなど力量のある若手俳優が韓国映画界を牽引し、韓流は今後ますます世界を席巻していくと思います。

かく言う私は、「冬ソナ」にはまり、三日三晩ほぼ徹夜状態でビデオを観ました。今夜はここまでと決めていても、いいところで終わるので、次を見たくてたまらず気がつけば空が白んできて、これはいかんとばかり布団にもぐりこみました。仕事をしていたので、あれでよく仕事をこなせたなと自分でも驚きです。体力があったのでしょうね、そんな私も「冬ソナ」の後は、しばらく韓流から離れていたのですが、たまたまBSで観たドラマで、ソンスンホンという俳優にすっかり心を奪われてしまいました。「秋の童話」や「夏の香り」に出演した元祖イケメン俳優で、韓国四天王と言われる方でした。眉毛が濃いから好き嫌いがあるようですが、間違いなくイケメンです。イケメン好きの私としては、遅ればせの恋心でした。スンホン様の出ているドラマを片っ端から見ました。パソコンでスンホンニュースも検索しました。そのニュースの中で、日本でのファンミーティングがあるとの情報があり、東京と尼崎であるとのことでした。東京は遠いけど、尼崎なら近いじゃないですか。これはぜひ生スンホン様を一目見たいとチケットを買って、二〇一八年六月のファンミを心待ちにしました。

その日、尼崎のアルカイックホールは四十代以降の女性で満杯です。暗転した舞台が突如明るくなり、中央階段からスンホン様が登場。満員の客席から黄色い声が炸裂、と言いたいのですが、年齢層がやや高めのためか、黄色い声はやや「ぎいろい感じ」でした。キャーというよりギャーですかね。日本語はあいさつ程度ですから通訳の方が付き、近況などが話されました。そのあとはお決まりの観客の中から選ばれた五人ほどの方が舞台に上がり、スンホン様にしてもらいたいことのおねだりコーナーがあり、お姫様抱っこが多かったです。くじ運の悪い私は、ただただ羨ましく見るしかありませんでした。最後にスンホン様が二曲歌を歌い、これにてファ

ンミは終了。
かと思いきや、ここからが面白かったです。スンホン様は舞台袖に引っ込み、代わってエージェントの方が登場し、今から玄関出口でスンホン様とのハイタッチ会があるので、席の順番に案内するので立ち上がってはいけません、もし勝手に出たら、それはハイタッチ会を棄権したとみなします、との案内がありました。隣に座っていたご高齢のご婦人二人が、「トイレに行きたいのに出たらあかんのやって」、としきりに困っておられました。真ん中よりやや後ろ目の席でしたので、案内されるまでに一時間はゆうにかかり、とうとうお二人の方は席を立たれてしまいました。あれはきつい！

ようやく玄関出口に案内されたのですが、電話ボックスのようなものがあり、そこにスンホン様が入っておられるので、真ん前に行かない限りお顔を拝むことができません。おまけに千人近いので、止まらないでください、止まらないでくださいと後ろから押され、前に行ってもほとんど生スンホン様を拝むことはできず、何とかハイタッチというか手のどこかに当たったかなという感じで、初めてのファンミは終わりました。

急いでトイレに駆け込んで、何の考えもなく手を洗ってしまった私って、本当にスンホン様のファンでしょうか、とほほ。

祝ベルばら五十年

祝ベルばら五十年

二〇二四年は、宝塚で「ベルサイユのばら」が初上演されてから五十年が経ちます。そう一九七四年、私が大学三年生の時でした。通っていた大学が阪急宝塚線でしたので、まさに宝塚はお膝元。大学の友人の中には、タカラジェンヌと中学の時に同級生だったという人もいて、今まで全く知らなかったタカラヅカの世界に足をふみ入れることになったのです。入場券の買い方も知らないので、とりあえず現地に行ってみようと思いました。

あらー、懐かしの宝塚ファミリーランドの向かいにあるじゃないですか。幼いころに父に連れられて行ったあのファミリーランドと同園にあったなんて。象に人参を放り投げた園舎のすぐ反対側に大劇場に入る門があったなんて。おまけにタカラヅカの観劇チケットを持っていれば、ファミリーランドにも入れると知りました。一石二鳥です。

観劇チケットを購入に行ったところ満席でしたが、立ち見なら買えるということで、早速に立見席を買いました。劇場に至る広場は女性であふれかえっています、

おそらく九十九パーセントは女性客ではなかったでしょうか。可愛くて夢夢しい商品でいっぱいのお店やパンフレット売り場など、観劇までの時間や幕間を十分楽しめるようにしつらえてあります。

劇場に入ると、キラキラと輝く緞帳があり、オーケストラの音合わせが聞こえ、開演前の観客の熱気が感じられました。天井からは銀色の玉、ミラーボールが吊り下がっています。そしていよいよ開演。あの時の衝撃にも似た感動を忘れることはできません。池田理代子原作の漫画はすでに読破していたのですが、舞台で演じられるベルばらは、漫画とは全く異なる世界でした。ベルばらをご存じない方には何のことかさっぱりお分かりにならないでしょうが、まぁ読み進めてください。

男装したオスカルの麗々しさ、それを一途に支えるアンドレの健気さ、王妃マリーアントワネットと宮廷の取り巻き貴族達の豪華さ傲慢さ、そして王妃を愛するスウェーデン貴族の伯爵フェルゼンの一途さ、フランス革命前後のフランス史は少しは知ってはいましたが、そんな史実は関係ない、とばかりのまばゆさに目を奪われ、歌に魅了され、踊りに圧倒されました。ガラスの馬車に乗ったオスカルとアンドレが天国で結ばれるという最後のシーンは感涙ものでした。

正直、こんな世界があったのかと驚くばかりです。

あれから五十年、私はすっかりタカラヅカの虜になり、今もほぼ全公演を月一回は観劇し続けています。いまだに観劇の前は胸が高鳴り、非日常を遊ぶという感じで、日々のリフレッシュとなっています。トップのスターさんたちはどんどん交代していますが、私はタカラヅカが大好きです。どの組も大好きです。

ベルばら五十年の記念イベント公演を観に行きました。二十歳の私は七十歳となり、劇場に参集された客層も年配の方が多かったです。杖を持たれる方も大勢おられました。初演時のトップスターさん達もやはり歳は隠せません。「ベルばば」と自分で言って笑っておられましたが、それでもやっぱり美しく凛々しい、さすがです。

初演から、第二世代、第三世代へと再演されながら輝きを持ち続けているのは素晴らしいです。そして二〇二四年夏にも雪組トップスターの彩風咲奈さんがフェルゼンとなり、彼女のサヨナラ公演として再演されます。どんなフェルゼン像を演じてくれるか今から楽しみです。

二〇二三年秋からタカラヅカをめぐる多くの問題が噴出しています。ファンとしては悲しい限りですが、長い間の伝統ややり方が、現代にはあわなくなってきているのでしょう。それは何もタカラヅカに限ったことではありません。社会でも会社でも同じです。それにどう対応していくのかが組織として問われていると思います。問題が発生してからしばらくタカラヅカは公演が中止となり、二〇二四年の百十年の周年記念事業も取りやめになりました。しかし徐々に公演が再開され始めました。早速、劇場に足を運びましたが、劇場は以前と同じ熱気に包まれ、再開を喜ぶ高揚感にあふれていました。観客の私たちはみんなタカラヅカが大好き、という気持ちがひしひしと伝わってきます。拍手も前よりも一層力強いように感じられます。このことを忘れずに、ぜひ新しいタカラヅカに取組んでいただきたいと思います。私は歩ける限り、タカラヅカに通い、非日常を遊び、焦がれ続けたいと思っています。自分の遺影はまだ撮っていませんが、やっぱりタカラヅカスタイルでいくしかないでしょうね。

霊柩車

霊柩車

最近、特にコロナ禍以降、葬儀の形が変わってきたように思います。かなり著名な方でさえ、小さな家族葬をされたのちに、送る会などのお別れ会をされることが多くなってきました。著名でないごく一般人の私たちは、父の時も母の時も家族葬でしたので、近くに住む親戚の一部と身内を入れても十人足らずのごくごく簡素なものでした。それでも人数が少ない分、遺影を眺めながら故人の思い出をゆっくりと語り合うことができて、それはそれでとても良い形で見送ることができたと思っています。

このような時代の流れの中、わが町にも、家族葬に特化した会館が次々とできています。小さな倉庫がリニューアルされているなと思ったら、家族葬用の会館に様変わりしていたりしました。会館前の道路幅がそれほど広くない場合もあり、霊柩車が出発する際には、交通がしばし規制されるという場合もあります。あの霊柩車というのは、前後の長さも長く、車体の横幅もありますので、仕方のないことでしょう。

ところでこの霊柩車ですが、近年はリムジン型のものを見かけることが多くなりました。私が小さい頃には、にぎにぎしく金色に輝く神社仏閣のような特別の車でしたので、いやでも目をひいたものでしたが、最近は見かけなくなりました。ウィキペディアによると、霊柩車とは葬送において遺体を移動させるために用いられる車両のことで、イギリスの霊柩馬車に起源があるとされます。わが国では、神道や仏教の建築様式を模した「宮型霊柩車」と呼ばれる独特の霊柩自動車が用いられてきました。しかし近年は、仕様にお金がかかることや製作する宮大工の減少で、リムジン型仕様が一挙に増加したようです。霊柩車にもいろいろな事情があるのですね。

霊柩車に遭遇すると、私は今でも親指を隠す癖が抜けません。小さいときに親から言われた記憶があるのですが、親指を隠さないと親が早く死ぬ、と。その親の言いつけを守り、親が亡くなった後も、いまだに親指を隠してしまう私に苦笑いしています。

私がまだ大学の助手であった頃、勤めていた大学で国際学会が開催され、何人かの外国人研究者も来られて、私は奈良の街の観光案内を頼まれました。古都でした

ので、案内すべき場所に事欠くことはなかったのですが、英語力に問題があり、四苦八苦の案内でした。なんとその時、道路に目をやると霊柩車が近づいて来るのが見えました。私は思わず親指を隠したものです。すると案内していた外国人研究者が、「あれは何だ、あれに乗りたい」と言い出したのです。「あかーん、あれは乗り物やけど、観光タクシーとは違う、まだ乗るべきものではない」と、もうありとあらゆる英語力を駆使して伝えたのですが、どこまで理解してもらえたのやら。懐かしい思い出です。

私も未だ乗った経験がありませんので、乗り心地についてお伝えすることができないのは残念です。最近は、なんでも体験重視の風潮があり、葬送体験があるようで、自ら棺に寝てみる体験とかがあるそうですから、霊柩車に乗ってみるというのもあるのではないかと思います。しかし死んだらどこに寝ようが、何に乗ろうが、大した違いはないように思いますが。

階段が紡ぐ小さな物語

階段が紡ぐ小さな物語

階段というのは不思議な空間です。上と下を繋ぐ場所や装置であると同時に、そこだけが特別な意味を持つ場所になるように。例えば、恋する二人が階段に座って愛をささやきあったり、階段の途中で振り向いてプロポーズの言葉を投げかけたりすれば、そこは愛の空間となります。歳を重ねるとともに、階段の上り下りに不自由さを感じることも出てきましたが、ここでは、この七十年の人生の中での階段にまつわる思い出を、小さな物語にして紡いでみたいと思います。

箱階段

箱階段

夏休みになると帰省する鳥取県の祖母の家には箱階段がありました。今はもう見かけることのほとんどなくなった箱階段。箱を積み重ねた形式の階段で、江戸時代の初め頃に登場したとされ、狭い空間の有効活用として、段板の下や側面から物入れに利用できるようになっていました。祖母の家の箱階段の引き出しを開けてみると、書類らしきものや、裁縫箱、古い生地などが高さに応じたところに収納されていました。小さかった私が開けられるのはせいぜい四段目くらいまでだったでしょう。

その箱階段が、私が帰省する夏休みになるとおもちゃとお菓子を入れる空間になっていたと聞いたのは、ずいぶん大きくなってからでした。祖母が、帰省する私を喜ばせようと考えついたそうです。そんないきさつも知らないままに小さな私と、近所の悪童たちは、川遊びや魚釣りが終わると、その箱階段の前に集まり、下から三段目の引き出しを開けて、おかきやせんべい、飴玉を取り合ったものでした。

不思議なことに、いつ開いてもお菓子が入っていました。悪童たちは、これは魔

法の引き出しで、食べても食べても、あとから湧き出てくる、と私に言うのです。そういわれてみるとなぜか私にも魔法の引き出しのように思えてしまいました。
　そんな夢のような夏休みも過ぎ、私は大きくなるにつれて学業や自分の生活に忙しくなり、帰省することも少なくなっていきました。
　祖母が亡くなり、世代交代となり、祖母が暮らした古い土間と箱階段のある家は取り壊されることになりました。取り壊される前に一度見ておきたいと、大学生になっていた私は一人で帰省しました。何十年ぶりに見る箱階段は、こんなに背が低かったのかなと思うほどで、あの魔法の引き出しだった下から三段目を開けると、セピア色になった新聞紙だけが残っていました。何気なく、一番上の引き出しを開けてみました。腰の曲がっていた祖母にも、一番上の引き出しは手の届かないところだったのでしょう。ほとんど何も入っていないと思いましたが、そこにたった一枚の古い紙が入っていました。

それには懐かしい祖母の文字がありました。

「大きくなったね」

螺旋階段

螺旋階段

娘たちが二歳から四歳の頃、連れ合いの留学で、半年間ほどドイツに滞在することになりました。短期留学でしたので、留学を支援してくれる財団が住居を提供してくれたのですが、そこは元貴族の館をアパートメント形式に改修したものでした。玄関ホールは当時の面影を残した重厚な作りで、私は秘かにパレス、宮殿に住むみたいと心躍らせたものです。単身者用から、わが家のように家族四人で住む部屋のタイプがあり、私たちは三階の端の部屋が提供されました。そこはメゾネットタイプで室内に螺旋階段がありました。娘たちはその螺旋階段がいたく気に入ったようで、各段に人形を置いたり、レゴを置いたりしながら日々遊んでいました。

同じ階の反対の端に、留学しているチリ人のご家族がおられました。ご夫婦が大学で研究されているようで、六歳と八歳の息子さんたちは、朝から夕方まで、ほとんど二人でそのパレスにいました。三階の廊下で遊んでいることが多かったので、いつの間にかわが家の娘たちと遊ぶようになり、と言っても、小さな娘たちがその兄弟をチョロチョロと追いかけるという感じでしたが、楽し気に声を上げて遊んで

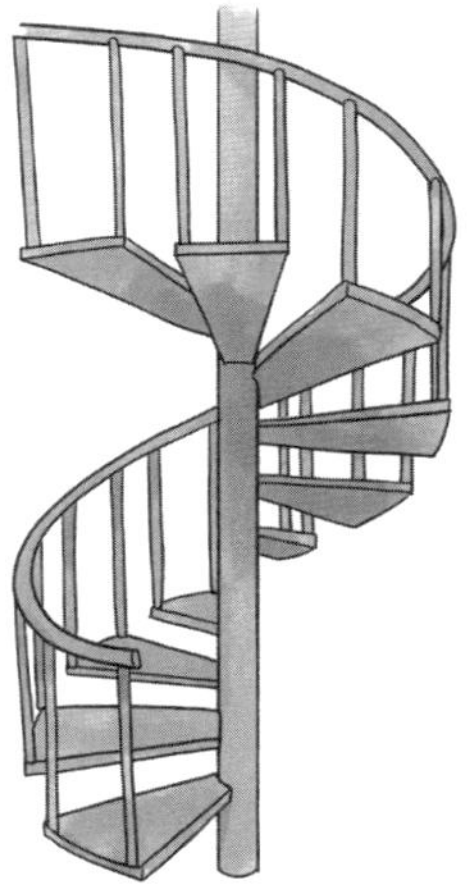

いました。昼食の時間になったので、その旨を告げると、兄弟は自室に戻っていきました。朝の十時くらいにたまたま見かけたときに、その兄弟は、パンにピーナッツバターを塗ったものを食べていましたので、遊びながら小腹を満たしていたのでしょう。

ある時、娘たちに連れられてその兄弟がわが家にやってきました。螺旋階段を不思議そうに眺めていましたので聞いてみたら、その兄弟の住む部屋は四人家族でもメゾネット形式ではなかったようです。

ちょうど昼食の時間に近かったので、一緒に食べようかと誘いました。茹でたスパゲッティをキャベツやベーコンと炒めて、味付けは醤油というういわゆる焼きそば風パスタです。日本の焼きそば麺がドイツでは手に入らなかったので、私はよくこれを作りましたが、焼きそばよりあっさりしていてなかなかお薦めです。その兄弟も気に入ったようで、おかわりまでしてくれました。その時娘が、焼きのりに手を出して食べ始めると、その兄弟はびっくり顔で、「日本人は黒い紙を食べるのか」と言いました。これはシーウィード、海苔だよというと、食べてみたいというので渡したところ一口かじったとたん、ぺっと吐き出して、これはいかんと苦り切った顔でした。

それ以降も、その兄弟はわが家を来訪するようになり、螺旋階段にシーツを広げて遊んでみたり、娘たちのレゴ遊びに付き合ってくれたり、日本から持参したお手玉を階段に並べてみたり、と階段を思う存分使って遊んでいました。遊びに飽きると、その兄弟はお気に入りになったライスクーヘン（米のお菓子）、おかきを所望しました。海苔巻きおかきは、相変わらず、いらんの素振りでした。

階段とおかきを見るたびに、あの兄弟はどうしているかなと、遠いチリに思いをはせています。

2024.2月某日 Tomoko Hara.

燃え殻さんのラジオ番組

J-WAVE「BEFORE DAWN」

Tuesday 26:00-27:00

おじゃましてきました

階段教室

階段教室

西陽の入るその教室は、私たちの高校の校舎のはずれにありました。めったに使われることはなく、生徒会行事や保護者会の集会等に使用されていた記憶があります。

ただこの教室は、学年が終わりに近づくと特別な用途に使われました。そう、私たちは「呼び出し部屋」と呼んでいたのです。

一学期、二学期の中間試験や期末試験で欠点を取り、総点数が進級に危ういとみなされた五十人ほどの生徒が、通常授業の終わった七時間目に集められ、補習授業を受けるのです。欠点は各教科ごとにあるので、一教科だけが危うい人は一つの補習ですみますが、英語も数学も古典もとなると週のほとんどの日が七時間授業となってしまい、部活動に参加することもままならなくなります。

二年生の三学期に、私は物理でこの呼び出しを受けてしまいました。学校からの「召集令状」が郵便でやってくることを先輩に教えられ、学校からいち早く帰宅して郵便受けを開けました。

とうとうやってきた書類に、親になり代わって印を押し、担任に提出しました。「まぁ、頑張りや」と担任の英語の先生に言われ、「はい、何とか頑張ります」と返答しました。

物理の苦手な五十人が集められた階段教室は、九十九パーセントが女子でした。男女の頭の構造に、理系向き文系向きがあるのかどうか、私にとっては未だに謎ですが、少なくともこの教室の様子を見ると、理系と文系の向き不向きはあるように感じます（これが男女に関する差別発言になるとしたらお許しください、単なる私の感想です）。

補習授業のおかげで、三学期の学年末試験の物理の点数はすこぶる良くて、無事に三年生に進級することができました。

この「呼び出し部屋」を経験したのは、同期の仲良しの中でも、どうやら私だけのようです。この話をすると、まず階段教室があったなんて知らなかったという、階段ならぬ怪談じみた話になります。優秀だった姉は、もちろん階段教室なんて行ったことがないと豪語します。

あまり使われることのなかった校舎はずれの階段教室の、すこし淀んだ香りを、いまでも懐かしく思い出します。

階段掃除

階段掃除

「自分のやりたい場所に名前を書き込んでください」、日直当番の声がし、みんながぞろぞろと黒板に向かうのにあわせ、私はいち早く「東階段」のところに名前を記入しました。「そんなに急がなくても誰も東階段掃除なんか選ばないよ」と言われましたが、私はどうしてもこの東階段を選びたかったのです。なぜかって、それは山岳部の練習場所だから。そう、山岳部は山登りのための練習を、校舎の東階段を使って行っていました。私は秘かにあこがれていた男子が山岳部にいて、その練習をこっそり眺めていたかったのです。階段掃除をするという表向きの理由の「裏の真相」はそれです。

三階から掃きおろしてくる私と、反対に一階から砂袋を担いで登ってくる彼。ほんの一瞬のすれ違いですが、胸は高鳴り、顔はほてるのでした。たまに彼以外の部員が、「今、何時や－」とか聞いてきましたが、私はそっけなく「〇〇時」と答えるだけ。いつか彼が聞いてくれることを期待しながら、横目で彼の練習の様子を眺めながらの階段掃除はまったく苦になりませんでした。

その夏、山岳部は夏山合宿に乗鞍岳に行ったようです。

夏休みのある日、郵便受けを開けると一枚の絵葉書がありました。紫色の高山植物の絵葉書です。はて、誰からかなと思って見てみると、なんとあの彼からではありませんか。思わず声を出しそうになりながら、私は急いで部屋に入り、じっとその絵葉書を何度も見ました。無事に下山し、宿舎でこれを書いているとと記されていました。天にも舞い上がる気持ちというのはああいうことを言うのでしょう。夏休み中、その絵葉書を眺め続けました。

二学期が始まりましたが、残念なことに山岳部の練習場所が変わり、私の階段掃除はひたすら掃きおろすという面白くない作業になってしまいました。

三年生になると、理科系と文科系に分かれ、校舎も離れていましたので、彼の姿を見かけることはほとんどなくなってしまいました。大学受験に向けての準備も本格的になり、私は人づてに彼が医学部を目指していると聞きました。そうか、医者になるのか、何となく彼にあっているような気がしたものです。

そんな高校時代の淡い恋心でしたが、私が研究者の卵になった二十六歳の十月、図書館で何気なく新聞を読んでいた時です。たった一マスの記事でしたが、「青年医師、剣岳で滑落死」という文字が目に飛び込んできました。えっと思い、顔から血の気が引きました。懐かしい彼の名前がそこにあったのです。医者になってからも山に登っていたの、そんなに山が好きだったんだと、あの砂袋を背負った彼の姿が脳裏に浮かびました。

こんなに早くに天国への階段を登るなんて。

私の中にいる彼は、今も十代のままです。

私たち同期は、今年、古希を迎えますよ、と私は小さく声に出してみました。

階段下の異空間

階段下の異空間

北浜にある、とあるビルの階段の下。ちょうどフロアーと階段の角度が作る三角形のような小さな空間に、二人の高齢女性がいつも座っていました。彼女たちは、そこを商いの場所にしていたのです。なんの変哲もないガラスケースの中には、今はあまり見かけないH社の化粧品が、お行儀よく並べられていました。

そこは北浜の証券街にあるビルの一角だけあって、多くのビジネスマン達がその傍らを行き来していきます。しかし階段を上り下りする彼らの目には、二人の高齢女性の姿は映っていないようで、まるでそこに何もないかのように足早に通り過ぎていきます。商品に足を止めることも、ましてや買い物客がいることもついぞ見かけたことがありません。

それでも二人はいつも楽し気で、穏やかな声で話し合ったり、時にはお茶を飲んでいるところも見かけたものです。

冬は、その空間は外ではないもののさすがに底冷えがし、二人は暖かなひざ掛けを腰から巻き付けて、小さな足元暖房機を置いていました。夏の暑い盛りには

小さな扇風機がブンブンとうなり声を上げて回る中、貴婦人が持つような扇子を手に、相変わらず静かに談笑されていました。

夜のとばりが下りる頃には、商いを終えたガラスケースにやや変色した白い布が掛けられ、二人が座る折りたたみの椅子が二脚、奥の壁に行儀よく立て掛けられていました。まるで、明日もまたね、と言っているような不思議な空間でした。

一体あの二人はいつからこの階段下で商いをしていたのでしょうか。昭和、平成、令和と時代が移り変わっても、あの階段下だけは、まるで時間の流れが止まったかのようです。大都会の不思議な異空間として、時々、覗いてみたくなるのです。

俳句と私（俳句のある風景）

俳句と私（俳句のある風景）

人生の折り返し点の四十歳代からゴルフというスポーツにめぐり合い、その色々な経験や面白いエピソードについては「おば行くパート一」でいくつか書いてみました。それから三十年近くたった今でも、有難いことにゴルフラウンドをご一緒していただく方々に恵まれて、月二～三回のペースで楽しんでいます。ただこの十年で飛距離は格段におち、以前から苦手だったアプローチとパターに関しては、目が悪くなってきて、ますます不得手になり、そうすると結果的にスコアは散々なものとなっています。足腰は弱ったものの、まあまあ歩いてラウンドできるほどではありますので、今やゴルフは歩くためと割り切って、楽しくラウンドしています。

ゴルフとのめぐり合いから八年近く後に、俳句とのめぐり合いがありました。それは次女の高校の保護者の方からのお誘いで、当時校長先生をされていた方が、著名な句会に所属され活躍されている方だったのです。俳句は、高校の国語の教科書で学んで以来でしたので、最初は丁重に辞退したのですが、初心者ばかりなので楽しく集まりましょうよ、という言葉に心惹かれ、今やらないと一生やらずに終わってしまうと思い、えいやっとばかりに乗り込んでみたのです。あれから十数年が経ちました。月一回の句会には、何とか参加し続け、投句に頭を悩ませながらも、季語の面白さ、他の方の俳句の妙、アフター会のお楽しみ、と、苦しみながらも楽しんだ日々でした。そして一年に一度、自分の作った句の中から好きな句を十句選び、さらに先生が出される課題をこなしながら、池田句会の小雑誌を作り上げました。

ここではその毎年の小雑誌の中から、私と俳句の関りや、俳句から見えてくる風景、先生が出されたテーマなどを盛り込んだ文章を、加筆修正してまとめてみたいと思います。

父と母へ

父と母へ

父逝く日秋茄子の花咲きにけり
次の世もこの手をつなごう冬銀河

この句は、父と母のそれぞれの棺に入れた句です。平成十四年九月にくも膜下出血で倒れた母はその後十三年に及ぶ闘病生活を送り平成二十七年春に亡くなりました。その間の平成二十四年夏に父が老衰で亡くなりました。

私が池田句会と巡り合ったのは、母が倒れてからしばらくした頃でした。句会へのお誘いを受けたものの、母の看病や父への家事援助、自分の仕事や家族の世話など、時間的な制約と気持ちの余裕の無さに、何度も参加をお断りしていました。何よりも俳句の敷居が高かったのです。文章を書くことは好きでしたが、俳句という五七五の定型に言葉を選ぶこと、季語や切れ字という決まり事があることなど、俳句という未知の世界に飛び込む勇気がありませんでした。

そんな私がその後十数年も句会に参加し、まがりなりにも俳句を続けてこられたのは、会の楽しさに尽きます。よき指導者に巡り合い、豊かな人間関係に恵まれ、様々な解釈や講評を学び、季語の楽しさに触れ、言葉の進化を感じ、まさに言語や風土、歴史そして何より人間を再発見するという新鮮な驚きに満ちていました。「虎落笛」(もがりぶえ)という漢字や読み、その意味などは俳句に巡り合わなかったらおそらく一生知らずにいたことでしょう。今まであまり興味のなかった新聞の俳壇や歌壇も目を通すようになりましたし、書店では俳句本や季語本も手に取るようになりました。その中の講評を読んだりするとき、俳句の奥深さを感じる瞬間でもあります。

母の枕辺から見えた風景、仕事に向かう駅で見上げた空、車内や車窓のつれづれ、日々の生活の折々に感じたり行動した実相、すべての俳句が、私に寄り添い、背中を押し、励まし、生きる力を与えてくれました。

高尚な俳句はとても作れません。ましてや二十代の若い世代のような切れ味の鋭い俳句も作れません。ただ私らしく、日々の生活に寄り添いほっとするような、温かみのある俳句を作り続けていければと願っています。

山本初枝先生に捧げる

山本初枝先生に捧げる

「初枝さん」私たちは親しみを込めて、そう呼んでいました。高校時代の国語の教諭であった彼女は、奇行の多い先生方の間でも飛び抜けていました。国語の教諭なのに、なぜか年中白衣を着ていました。一説によると、夏には白衣の下には下着しか着ていないとか、真相のほどは定かではありません。また授業中に指名された生徒が解答すると、じっと生徒を見つめたまま十分も押し黙っていたとか、板書中にチョークを握ったまま黒板にもたれかかっていたとか、おそらく語り継がれたエピソードは十や二十ではないでしょう。その中でも秀逸なのは、ヒーターに座り続けて、白衣が焦げて煙が立ち昇ったというものです。教室中が何か焦げ臭いと騒ぎだしてからゆっくり立ち上がった、というのがいかにも初枝さんらしいと言えました。

しばらくして、初枝さんが有名な歌人であるらしいという噂が出ました。昭和天皇の前で歌を詠んだとか、歌会はじめの選者にもなっているとか、どこまでが真実なのか、未だに不明です。ただ当時は誰もが、やはりと納得するものがあったのは確かでした。数々の奇行は、彼女の歌人としての才能のなせる業だったのではないでしょうか。授業中に突如、言葉が降り注いできたのかもしれません。その言葉の海から、彼女は何がしかの歌を詠もうと集中してしまったのではないでしょうか。

すぐに消えていきそうな言葉やイメージをどうつなぎ留めておくか。新聞記事を読んでいる時、写真やテレビの映像を視ている時、電車に乗っている時、台所仕事をしている時、そこここに俳句の種が蒔かれています。発芽しないもの、途中で枯れるもの、俳句に成長するもの、様々ですが、私たちの周りには言葉の海が広がっています。その海には経験や記憶という漂流物が漂っています。それらを丁寧に手繰り寄せ、拾い集め、洗い流して、言葉に紡ぐ、誠に至福の時と感じています。

葬式はお祭りである

葬式はお祭りである

死にたれば人来て大根煮きはじむ

下村　槐太

「葬儀の日に、家人は台所に入っちゃいけないんだよ」、台所を取り仕切る村の女性に大きな声で言われた私は、思わずすくみ上りました。奈良の旧家に育った人と結婚してまだ一年そこそこの頃に、祖母の葬儀となった時のことです。村の二十軒ばかりのご近所が、男衆は金銭を扱う帳場に、女衆は炊き出しのために台所を任されるという風習が健在でした。連れ合いの両親とは別に住んでいましたので、たまに奈良に来る嫁の私は、お客さん気分が抜けず、普段から婚家に居場所が無いという状態でした。そんな時に、旧家独特の葬式となったのです。初めてお会いする親戚や、見たこともないご近所の方たちで溢れ返る家は、まるでどこか別の世界を浮遊しているようでした。

そんな心細い気分の時に、私の両親が参列に訪れました。父は、ちょっと困ったような顔をしていましたが、あれはなぜだったのでしょう。母は、やれやれやっぱりなという顔をして、私の顔を見つけるとすぐさま近寄ってきて、「葬式はお祭りなんだよ。人が集まってきて、煮炊きをして、盛大にあの世に送り出す。すごいエネルギーでね。まさに、死んだら人来て大根煮だす、の世界になるのだから」と、耳元で囁きました。それが下村槐太氏の俳句であると知ったのは、俳句を始めてから三年後でした。その時、母は寝たきりになって五年の歳月が流れていました。

私は母の耳元で、「あの句はだいこんじゃなくてだいこが正しいんだよ」と、ちょっと誇らしげに囁きました。

同郷の自由人　尾崎放哉

同郷の自由人　尾崎放哉

妹と　夫婦めく　秋草　　　　尾崎　放哉

好きな自由律俳句を選んで鑑賞するという課題が出ました。その時私は尾崎放哉のこの自由律俳句を選びました。

放哉の代表作としては「咳をしても一人」「墓のうらに廻る」「足のうら洗えば白くなる」「こんなよい月を一人で見て寝る」等が挙げられますが、なぜか私は冒頭の句が好きです。

放哉は、鳥取県に生まれ、東大法科に進んだ、おそらく「地元の星」だったのではないでしょうか。私も鳥取県生まれで、両親をはじめ親戚中が鳥取県人でしたので、同郷人として、尾崎放哉という名前だけは知っていました。

自由律俳句を選び鑑賞するために、初めて同郷人の放哉という人物やその俳句を調べてみました。詠めば詠むほど、またその生涯を知れば知るほど、「地元の星」

どころか、周囲からは「困った君」でした。どこでどうなったのか、何があったのか、何でそんなに哀しいのか、と問わずにはおれないほどの人生です。離職や免職を重ね、酒で失敗し、周りからは疎んじられ、最後は独り寂しく癒着性肋膜炎湿性咽頭カタルで亡くなって、実に淋しい人生としか言いようがありません。作句も確かに無常観に溢れています。「一人」という文字がやたらと多いです。ちなみに「犬」「蚊」「雀」も多いです。

しかし同時に、淋しさの中に、人や生き物との関係性を希求する放哉の一面も感じとれます。例えば「傘さしかけて心寄り添える」「夫婦でくしゃみして笑った」「とんぼが淋しい机にとまりに来てくれた」「雀のあたたかさを握るはなしてやる」など、放哉独特のあたたかなまなざしを感じます。

「妹と夫婦めく秋草」もその延長線上にあるように思えます。彼が失った、ごく普通の夫婦へのあこがれや追憶でしょうか。

美しい妻に去られ、友人もなく、周囲に受け入れられなかった放哉ではありますが、本当は人一倍、人間好きで生き物好きで、そんな自分を周囲にどう表現していけばよいのか解らず、辿り着いたのが、彼の奔放ともいえる自由律俳句だったのではないでしょうか。

車窓からほっこり

車窓からほっこり

乳母車　握る手もあり　春光る

春休みと連休が重なった三月のある日。駅近くの交差点の信号が、何度も青から赤に変わるのをため息交じりで見ていました。通過交通の多さが問題となるわが町では、見慣れた風景とも言えますが、日常に支障をきたす時には、いらだちのはけ口をつい求めたくなっている自分に気づきます。

そんな時でした。乳母車を押す母親とその傍らに乳母車を握る小さな女の子の手が見えました。背格好や歩き方からして三歳前後の女の子でしょう。乳母車には彼女の妹か弟が乗っているようです。時おり母親に向かって、自分も乳母車に乗りたいとせがんでいるようでした。母親は、その都度かがみこんで、何かしら彼女に語りかけているようで、乳母車のフレームをしっかり握らせていました。

人が初めて嫉妬心を持つのは、兄弟姉妹ができた時という話を聞いたのは、大学の心理学の講義だったでしょうか。もしそうならばあの彼女も日々、幼い嫉妬心に苛まれているのでしょう。わが家にも年子の姉妹がおりましたので、その気持ちがよくわかります。

二歳前に妹ができた長女は、コップで飲み物が飲めていたのに、妹のように哺乳瓶で飲みたいとか、乳母車に乗りたいとか、よく駄々をこねたものです。

でも今、母親の傍を片時も離れず乳母車をしっかり握りしめている手も、やがていつの日か自分から手を離す時がやってきます。

幼な子の温かくて柔らかな手の感触が、車のハンドルを握る私の手に蘇ってきました。

横断歩道の光の中に、ちょっと余裕の無かった四十年前の私がいました。

ゴルフとタカラヅカ大好きの私

ゴルフとタカラヅカ大好きの私

思い出は　半べそ顔の　夏ゴルフ　（亡くなった父との初ゴルフ）
海風に　白き球消え　空は青
戒名は　一球大姉　秋彼岸

「ファー」、第一ホールのティーショット。朝一番のドライバーショットが、大きく右にそれていきました。すかさずキャディさんのこの大声。ゴルフをされる方なら、一度は見覚え聞き覚えのある光景でしょう。

なぜキャディさんの発する声が「ファー」なのかご存知ですか。

人間の発声の中で一番大きな音が出るのが「ファー」だから。

そう、タカラヅカでも、男役トップスターが発する掛け声だって「フッ」でしょう。

私の好きな物には、「フ」がいっぱいです。

俳句は受け手の自由詩

俳句は受け手の自由詩

十数年に及んだ池田句会が、発展的解消をすることとなりました。毎回、十二人ほどの決まった面々で和気あいあいと楽しんでいたのですが、指導者の方から、もっと広く会員を募り、会を広げていきましょうという提案があったのです。先生曰く、「皆さんはこの十数年の間に、充分力をためて、俳句の扉を開けてきたので大丈夫です」と。

力をためたとはとても思えないのですが、いったんこの句会を解消して、新たな旅立ちを迎えるのもよいのではないかと思いました。新たな会に参加するか否かは自由となりました。

その最後の課題となったのは、「俳句はどのような詩か」という問いでした。ここでは私なりの考えを書いて、この句会の締めにしたいと思います。

かの金子兜太氏は「リズムと言葉が響き合い醸し出される韻律詩」とし、また坪内稔典氏は「簡単に覚えてどこでも口に出来る詩」と述べています。確かに、五七五という世界一短い日本独自の短詩系文芸でありながら、季語を含むことを約束することで、その心象風景を大きく広げていくことを可能とします。そして受け手の自由な解釈を許してくれます。「そんなつもりで詠んだのではない」と詠み手に叱責されることもありません。俳句は、受け手に対して誠に寛容です。

そうか、俳句は、受け手の自由詩であるのではないか。句会の時に、先生が言われたことが思い出されます。「俳句は、詠み手を離れたら、受け手の自由な解釈に委ねなければならない。自分はこういう思いで詠んだというべきではない」と。受け手の心象風景と共鳴し合う時、俳句は詠み手を離れて「新たな生を受ける文芸」と言えるでしょう。

労働者で思想家でもあったシモーヌ・ヴェイユは、人生の大切なものの一つに「日常に詩的なものを見出すこと」をあげています。

この十数年間、優れた詠み手でもなかった私ですが、日常生活の中に詩的なものを見つけ出す新鮮さや驚き、そして楽しみに巡り合えた俳句に、深く感謝したいと思います。

俳句三十句　とりどりの

（俳句三十句）とりどりの

鬼やらい泣く子にたんと豆あげて
とりどりのあられ敷き詰め春を待つ
うす色の春のコートを探す朝
あくびする隣の人も春の人
こんなにも小さき手足春を蹴る
ブランコをこげばこぐほど春の中
母の背がほんのりゆらめく春がすみ
花吹雪長靴脱がぬという子ども

かすみ草君の笑顔がこぼれ落つ
瀬戸内の春を引き揚げ新子漁
お弁当何詰めようか梅雨の晴れ
梅雨晴れや黄身が好きというキミがスキ
おし抱く赤子のごとき白桃や
祖母の手の回転軸にとろろ汁
ゆらゆらと日傘の波の交差点
世の中を逆さまにして髪洗う

乳の香を残す幼な子夏祭り
北海に向かう大砲晩夏光
新駅のアームを跨ぐ鰯雲
美しき骨の形や彼岸花
国境の無い地図もあり鰯雲
あの角を曲がればほらね金木犀
秋映と名をつけられし林檎煮る
真鱈干す風まで美味し北の浜
冬空を二つに分けて観覧車
同期会マスクはずして始まれり

スニーカーを探してみよう冬日和
寒卵携え恩師に会いに行く
地上絵の不思議を解いて大寒に
さよならをマスクの中に隠してる

あとがき

還暦から古希に至るこの十年、本当にいろいろなことがありました。私の母は七十四歳でくも膜下出血で倒れて以来、十三年に及ぶ寝たきり生活を送って、平成二十七年に亡くなりました。

天皇陛下のご譲位により、平成は令和となり、世の中はますますデジタル化が進んでいき、アナログ人間の私には、生きづらい社会となりました。

そのような中、突然世界を襲ったのはコロナ禍です。著名な芸能人の方がお亡くなりになり葬儀すらできないという事実や、ものものしい防護服の様子などが放映されるにつれ、コロナの脅威は私たちの生活に深刻な影を落としました。生活の規制は一挙に高まり、外出の規制はもちろん、外出時のマスク着用は必需となり、初めて会った方の顔が記憶できないという事態にも遭遇しました。全国でマスクが欠品し、手に入れるのに走り回ったものです。「アベノマスク」が配給されたものの、小さすぎる等の苦情も多く、多大の税金が使われているなどの事実も発覚しました。

その安倍元首相も、令和四年七月に選挙応援中に銃弾に倒れ、今は亡き方となられました。ご存命ならば私と同じ生年月日でしたので、今年古希を迎えられていたのにと残念に思います。この十年の間に何人もの知人が鬼籍に入ってしまいました。古来稀なりという古希は、本当にそうなのでしょう。無事に迎えられたことに感謝の意も込めて、これを書きました。

随分私的な内容ばかりで気が引けますが、当時のことを思い出しながら読み進めていただければ、これほど嬉しいことはありません。

出版するにあたり、前回同様、多くの方々にお世話になりました。「変人」として、前編に引き続き、時々登場する姉には、文章のチェックを入れてもらいました。セコムに捕獲されないことや解除中につまずかないようにして、これからも元気に過ごしてください。

また今回の印刷をお願いしましたタツミ印刷の中堂賢嗣様には、多大のご尽力をいただきました。イラストを担当してくださったさとゆみ様には、温かくてユーモアに富んだイラストを描いていただきました。記してお礼の言葉にしたいと思います。本当にありがとうございました。

古希を過ぎれば次は喜寿、そして米寿を目指して、日々を大切にし、新しい出会いを期待しながら、前向きに生きていきましょう。さあ、みなさまもご一緒に。

令和六年　九月吉日

つれづれの記
古希にこんなの書いちゃいました
二〇二四年九月十八日　初版第一刷発行
著者
藤田祥子
カバー・本文イラスト
さとゆみ
発行者
中堂賢嗣
発行所
株式会社センタ・テコ　たつみや出版
〒五六三－〇〇三五
大阪府池田市豊島南二－七六六－三
電　話（〇七二）七六〇－二〇五五
印刷・製本
タツミ印刷株式会社

Printed in Japan ISBN978-4-9911882-2-0